VENTE

Du Mercredi 12 Février 1913

HOTEL DROUOT, SALLE N° 6

A DEUX HEURES

❦

MEUBLES ET SIÈGES

ANCIENS ET DE STYLE

Tableaux, Pastels, Dessins, Gravures

FAIENCES ET PORCELAINES

BRONZES, PENDULES

TAPISSERIES ANCIENNES

COMMISSAIRE-PRISEUR

Mᵉ F. LAIR-DUBREUIL

EXPERTS

MM. PAULME & B. LASQUIN Fils

CATALOGUE

DES

Meubles et Sièges

ANCIENS

Des Époques Louis XIV, Louis XV et Louis XVI

Bureaux, Tables, Consoles, Secrétaires
Commodes, Chiffonniers, etc.
Canapés, Chaise longue, Bergères, Sièges variés

MEUBLES ET SIÈGES DE STYLE

TABLEAUX ANCIENS ET MODERNES

PASTEL, DESSINS, GRAVURES

FAIENCES ET PORCELAINES

Bronzes, Pendules, Objets variés

TAPISSERIES ANCIENNES

D'AUBUSSON ET DES FLANDRES

Étoffes

TAPIS D'AUBUSSON

DONT LA VENTE AUX ENCHÈRES PUBLIQUES AURA LIEU

HOTEL DROUOT, SALLE N° 6

LE MERCREDI 12 FÉVRIER 1913

A deux heures

COMMISSAIRE-PRISEUR	EXPERTS
Mᵉ F. LAIR-DUBREUIL	MM. PAULME & B. LASQUIN Fils
6, rue Favart	10, rue Chauchat | 11, rue Grange-Batelière

EXPOSITION PUBLIQUE

Le Mardi 11 Février 1913, de 1 heure 1/2 à 6 heures

CONDITIONS DE LA VENTE

Elle sera faite au comptant.

Les adjudicataires paieront *dix pour cent* en sus du prix d'adjudication.

L'exposition mettant le public à même de se rendre compte de l'état et de la nature des objets, aucune réclamation ne sera admise une fois l'adjudication prononcée.

Paris. — Imp, de l'Art, Ch. Berger, 41, rue de la Victoire.

DÉSIGNATION

TABLEAUX
PASTELS, DESSINS
GRAVURES

AUVERAT (?)

1 — *Portrait d'Enfant.*
>
> Dessin ovale au crayon noir rehaussé de blanc.
> Signé et daté : *1830.*
> Cadre en citronnier.

BOILLY (Attribué à Louis)

2 — *Portrait de deux fillettes, l'une d'elles tenant un masque.*
>
> Dessin au crayon noir. Signé.

BOILLY (D'après)

3 — Suite de quatre gravures en noir :
> *La Leçon d'union conjugal.*
>
> *On nous voit.*
>
> *Ah ! ah ! qu'il est sot.*
>
> *Poussez ferme.*
>
> Cadres dorés. Epoque Louis XVI.

BOUCHER (Genre de)

4 — *La Jeune Femme à l'oiseau.*
Dessin aux trois crayons.
Cadre Louis XVI en bois sculpté doré.

DAVID (École de)

5 — *Portrait présumé de Madame de Staël.*
Toile.

ÉCOLE ESPAGNOLE (xvie siècle)

6 — *Portrait de Femme au bonnet blanc.*
Toile dans un cadre en bois peint avec inscription.

ÉCOLE FLAMANDE

7 — *Sujet allégorique à l'Amour.*
Toile.

ÉCOLE FRANÇAISE

8 — *Jeune Enfant nu couché.*
Dessin au fusain.

ÉCOLE FRANÇAISE

9 — *Le Repos de la Sainte Famille.*

ÉCOLE FRANÇAISE

10 — *Portrait de Jeune Femme, tenant un bouquet de roses.*
Toile.

ÉCOLE FRANÇAISE

11 — *Jeune Femme assise auprès d'une fenêtre.*

> Dessin au crayon noir, de l'époque Empire.
> Cadre en bois sculpté doré Louis XVI.

ÉCOLE FRANÇAISE

12 — *Buste d'Enfant.*

> Peinture sur bois.

ÉCOLE FRANÇAISE

13 — *Portrait de Jeune Femme figurant une Source.*

> Pastel.

ÉCOLE FRANÇAISE (xviiie siècle)

14 — *Intérieur de théâtre, avec scène animée de personnages.*

> Dessin rehaussé de couleurs.

ÉCOLE FRANÇAISE (Fin du xviiie siècle)

15 — *Portrait d'Homme à perruque.*

> Dessin de forme ovale.
> Cadre ancien Louis XVI en bois sculpté doré.

ÉCOLE FRANÇAISE (xviiie siècle)

16 — *Portrait de Jeune Femme.*

> En buste, décolletée, un nœud de ruban autour du col ; un voile est retenu sur le haut de la tête.
> Pastel.

ÉCOLE HOLLANDAISE (xviie siècle)

17 — *Portrait de Petite Fille.*

> Toile.
> Cadre en bois noir.

GROS (Baron A.)

18 — *Wagram.*

> Dessin à la plume. Signé à gauche.

HEEM (Genre de DAVID DE)

19 — *Natures mortes.*

> Deux pendants.
> Cadres en bois noir.

HEINSIUS

20 — *Portrait d'un Préfet du Premier Empire.*

> En buste presque de face, en uniforme officiel, il est assis, tenant dans sa main droite une lettre.
> Toile. Signée et datée : *1807.*

KAUFFMANN (D'après ANGELICA)

21 — *Lady Elisabeth Grey imploring Edward IV.*

> Gravure en couleur, par GUDIELMUS WYNNE RYLAND. Chalcographus Régis Britannia sculp^d . Cadre baguette Louis XVI en bois doré.

RUPERT BINNY

22 — *Le Rêve du paysan.*

> Carton.

WATTEAU (École de)

23 — *Études de têtes et de silhouettes de femmes.*
Sanguine.

24 — Deux gravures coloriées : Paysages italiens.
Cadre en bois sculpté doré Louis XIII.

25 — Cinq gravures noires encadrées, d'après
Moitte, gravées par Janinet : Mort de Lucrèce.
— La vertu de Lucrèce. — Constance de Co-
riolan. — Conspiration de Catilina découverte.
— Derniers moments de Démosthène. Cadre
baguettes.

FAÏENCES ET PORCELAINES

26 — Dix assiettes plates et deux creuses en porcelaine de Saxe au point, à décor de fleurs en couleurs.

27 — Trois assiettes en ancienne porcelaine tendre de Chantilly, décor de bouquets de fleurs en couleurs.

28 — Sucrier couvert, pot à crème et une paire de petites aiguières en porcelaine de Paris.

29 — Deux plats, de forme octogonale, en ancienne porcelaine de la Compagnie des Indes, décor en couleurs de feuilles et rosaces.

30 — Onze assiettes plates en ancienne porcelaine de Chine, décorées en émaux de couleurs ; au centre, d'arbustes fleuris et kakémono déroulé ; au marli, lambrequin à fond brun vermiculé et chargé de fleurs.

31 — Très grand bol monté en coupe en ancienne porcelaine de Chine, décor de fleurs en émaux de couleur. Monture de bronze doré. Style Louis XV.

32 — Deux petites soupières rondes avec couvercle et une burette en ancienne faïence décorée en couleurs.

33 — Deux compotiers ronds et un carré en ancienne
porcelaine de Strasbourg et Rouen, décor de
fleurs en couleurs.

34 — Un plat, décor bleu, et une soucoupe, décor
polychrome avec inscription, en ancienne faïence
de Delft.

35 — Vingt-et-une assiettes en anciennes faïences
françaises, fabriques et décors divers.

36 — Trois plats ronds et creux et un plat à barbe
en anciennes faïences de Nevers et autres.

37 — Deux plats ovales, à bord contourné, en ancienne faïence de Rouen, décor de fleurs et lambrequin en couleurs.

38 — Soupière et couvercle en ancienne faïence
française, décor de fleurs en couleur.

39 — Fontaine d'applique et son bassin, forme co-
quille, en ancienne faïence française, décorée de
fleurs en camaïeu.

40 — Bannette, à pans coupés et deux anses, en
ancienne faïence de Rouen, décor polychrome.

41 — Plat rond en ancienne faïence de Nevers, décor
dans le goût chinois en bleu et manganèse.

42 — Petit plat rond en ancienne faïence de Delft,
décor polychrome dit au tonnerre.

OBJETS VARIÉS

43 — Grande boîte, garnie en satin rose et applications de fleurs.

44 — Six grands flacons en cristal taillé.

45 à 49 — Cinq petits coffrets Empire en bronze doré et ciselé, dont quatre à dessus de nacre gravée. (Seront divisés.)

50 — Coffret rectangulaire en bois incrusté de nacre et cuivre, décor de fleurs, oiseaux et armoiries. xviie siècle.

51 — Deux cadres en bois sculpté Louis XVI, dont un doré.

52 — Petite boîte à jetons en bois clair; sur le dessus, l'inscription : *Écarté*, et deux filets faits d'incrustation de petites marcassites. Époque Restauration.

ISABEY (Attribué à J.-B.)

53 — *Portrait d'Homme.*

Miniature ovale au crayon noir. Signée et datée : *1818.*

Cadre en citronnier.

54 — Paire de flambeaux en argent mouluré. Vieux Paris, XVIIIe siècle.

55 — Baromètre, à cadran ovale, en bois mouluré sculpté et doré, avec fronton fait d'un trophée des attributs de l'Amour, avec couronne et chutes de feuillage fleuri. Époque Louis XVI.

BRONZES. PENDULES

MARBRE

56 — Deux flambeaux Louis XV en bronze argenté.

57 — Deux groupes en bronze patiné : la Peur du serpent ; la Mort du serpent.

58 — Paire de petits flambeaux Empire en bronze.

59 — Paire de chenets en bronze : modèle à frise de postes, rosaces, pommes de pin, mascarons et draperies. Époque Louis XVI.

60 — Statuette en bronze : Baigneuse.

61 — Lustre fait de pièces d'enfilage en cristaux.

62 — Lanterne d'antichambre, forme hexagonale. Monture cuivre.

63 — Petite pendule, avec socle-support, en marqueterie de cuivre, écaille et bronze doré. Époque Régence.

64 — Pendule d'applique, avec son socle en bois peint au vernis de bouquets de fleurs sur fond vert, ornée de bronzes dorés, feuillages et rocailles. Époque Louis XV.

65 — Groupe en marbre : Janus protégeant les arts.

SIÈGES ET MEUBLES

66 — Petit fauteuil bas en bois sculpté doré et canné. Style Louis XV.

67 — Tabouret oriental en bois incrusté de nacre et os.

68 — Siège de traîneau en bois sculpté laqué vert et or, à décor chinois. Époque Louis XV.

69 — Bergère en bois sculpté et mouluré peint, à pieds fuselés cannelés. Époque Louis XVI.

70 — Bergère en bois sculpté, à dossier ovale, couverte de velours frappé rouge. Époque Louis XVI.

71 — Canapé, forme corbeille, à huit pieds, en bois
sculpté peint, à bouquet de roses et feuillages,
de l'époque Louis XVI, couvert d'ancien velours
d'Utrecht jaune à ramages.

72 — Bergère en bois sculpté peint gris, à feuillages
et coquilles, époque Régence, garnie d'ancien
velours d'Utrecht rouge à ramages et fleurs.

73 — Six chaises en bois sculpté peint gris et
canné, modèle à dossier-médaillon renversé, à
nœud de ruban, laurier et rang de perles, le
siège à double rang de perles et rosaces et ruban, pieds fuselés avec feuilles d'acanthe à leur
base. Époque Louis XVI. Garnies de coussins
en ancienne soie verte.

74 — Grand fauteuil, à dossier droit et entrejambes
réunissant les pieds, en bois sculpté et redoré.
Époque Louis XIV. Garniture de damas rouge·

75 — Fauteuil-bergère en bois laqué blanc, Louis XV,
garni en cretonne.

76 — Quatre fauteuils en acajou, modèle à crosse.
(Estampille : *Jacob*).

77 — Deux fauteuils d'angle, couverts de velours
bleu, en bois peint gris et or. Style Direc-
toire.

78 — Deux petits fauteuils, d'époque Louis XVI, en
bois de noyer sculpté, dossiers à médaillons,
garnis en reps vert.

79 — Deux petites banquettes, forme X, en acajou,
pieds de biche, garnies en soierie moirée bleu
pâle, marquées du Garde-meuble et estampillées.

80 — Deux fauteuils en bois sculpté, sièges cannés,
dossiers à lyres, accotoirs en cuir. Époque
Louis XVI.

81 — Marquise en bois de noyer sculpté, garnie en
soie brochée fond vert. Époque Louis XVI.

82 — Grande bergère Louis XIV en bois sculpté
doré, garnie en damas de soie vert.

83 — Grand canapé en bois sculpté laqué blanc
Régence, garni en damas de soie bleu-ciel.

84 — Grande chaise longue, en deux parties, en
bois sculpté ciré, de l'époque Louis XV, garnie
d'étoffe imprimée.

85 — Glace, cadre doré à rais de cœur et perles.

86 — Table-bureau, de forme rectangulaire, à quatre
pieds-gaines en bois satiné, ouvre à un tiroir
sur le côté ; dessus à cuir. Époque Louis XVI.

87 — Petite table-bureau, de forme rectangulaire, à quatre pieds fuselés, en bois d'amarante, dessus à filets en citronnier. Époque Louis XVI.

87 *bis* — Console-desserte en acajou, à côtés cintrés et six pieds fuselés, avec tiroir sur la face et les côtés ; dessus de marbre. Époque Louis XVI.

88 — Table-tricoteuse en acajou, à deux pieds jumelés, avec traverse d'entrejambes, ouvre à un tiroir. Époque Louis XVI.

89 — Petite vitrine à hauteur d'appui en marqueterie de bois de violette, à deux portes vitrées, ornée de bronzes. Époque Régence.

90 — Commode, ouvrant à deux tiroirs, en acajou ; sabots, entrées de serrures, et motif décoratif en bronze ciselé doré. Dessus de marbre brèche rose.

91 — Petite table de chevet à étagère en acajou, de forme ovale. Dessus de marbre blanc, galerie en cuivre. Époque Louis XVI.

92 — Écran Louis XVI en acajou, feuille en soie brochée fond bleu pâle.

93 — Chiffonnier, ouvrant à six tiroirs, en acajou ; poignées et entrées de serrures en bronze. Dessus de marbre blanc.

94 — Coiffeuse, époque Louis XVI, en bois de placage.

95 — Table à jeux, époque Louis XVI, en acajou, filets cuivre.

96 — Grand bureau dos d'âne en acajou, entrées de serrures en bronze ciselé doré. Il ouvre à abattant et contient de nombreux tiroirs à l'intérieur et trois tiroirs à l'extérieur. Signé : *Migeon*.

97 — Petite table de nuit, formant bidet, en bois de rose et palissandre (cuvette en ancienne faïence de Rouen). Époque fin Louis XV.

98 — Petit secrétaire à abattant en bois de rose et de violette; chutes et entrées de serrures en bronze ciselé doré. Dessus en marbre gris.

99 — Grande table-console, de forme rectangulaire, en bois sculpté doré, décor à entrelacs et guirlandes de lauriers, pieds à croisillons surmontés d'un vase-brûle-parfums. Dessus de marbre.

100 — Grande table à jeux, forme demi-lune, époque Louis XVI, en acajou, filets cuivre.

101 — Grand paravent à six feuilles garnies en ancienne soie à rayures vertes et rouges. Monture en bois d'acajou.

102 — Écran, formé par un sac garni en perles de couleurs, représentant un sujet allégorique.

103 — Petite commode, style Louis XVI, ouvrant à deux tiroirs, en bois de rose et de violette; entrées de serrures et motif en bronze. Dessus de marbre gris.

104 — Petite table-bureau, époque Louis XVI, en acajou moucheté. Dessus en cuir vert.

105 — Desserte Louis XVI à étagère en acajou et citronnier, côtés de forme cintrée. Dessus de marbre blanc, à galerie cuivre.

(Vente Chappey.)

106-107 – Deux meubles en marqueterie de bois de couleur, ouvrant à deux vantaux pleins. Style Louis XV. Dessus en marbre mouluré fleur de pêcher.

108 — Table de chevet, sur pieds cambrés, avec portes et dessus de marbre blanc. Époque Louis XV.

109 — Encoignure en bois de placage, ouvrant à deux portes, garnie de bronzes. Dessus de marbre. Époque Louis XVI.

110 — Secrétaire droit, à tiroir, abattant et deux portes, en bois de placage, avec filets. Dessus de marbre. Époque Louis XV.

111 — Bureau à dos d'âne en bois de placage à
filets, muni de trois tiroirs de face, sur pieds
élevés et cambrés. Époque Louis XV.

112 — Table rectangulaire en bois sculpté redoré,
à ceinture ajourée, sur pieds ornés. Époque
Louis XVI. Dessus de marbre.

113 — Table à jeux, forme triangulaire, en marqueterie de bois de placage.

114 — Petite commode, ouvrant à deux tiroirs, en
bois de rose : entrées de serrures et sabots en
bronze ciselé doré. Dessus de marbre gris.
En partie de l'époque Louis XV. Signée : *Lutz*.

115 — Bureau, époque Louis XVI, à deux corps, en
bois de placage. Le haut, ouvrant à deux portes
à coulisses, contient de nombreux tiroirs à se-
cret et repose sur quatre pieds.

116 — Petite table-toilette à étagère, époque
Louis XVI, en bois de rose. Dessus de marbre
blanc. Elle ouvre à tiroir sur un côté.

117 — Meuble en acajou, ouvrant à deux portes
pleines, à la partie inférieure surmontée d'un
bureau cylindrique bonheur-du-jour. Dessus
de marbre blanc à galerie cuivre. Époque
Louis XVI.

TAPISSERIES ANCIENNES

ETOFFES

TAPIS D'AUBUSSON

118 — Tapis de table en satin de Chine bleu brodé de fleurs et dragon.

119 — Cinq costumes ou vestes chinois en soie et étoffe de couleurs bleue, noire et rose, brochés et brodés en couleurs.

120 — Panneau rectangulaire en ancienne soie brochée et tissée de métal. xviiie siècle.

121 — Panneau de tapisserie moderne d'Aubusson.

122 — Panneau en ancienne tapisserie, à grands personnages. Bordure sur deux côtés à guirlandes de fleurs. xviie siècle.

Haut., 2 m. 60 cent.; larg., 2 m. 55 cent.

123 — Tapisserie d'Aubusson, du xvii^o siècle, à grands personnages, sujet tiré de l'histoire ancienne. Bordure d'encadrement à feuillages, fleurs et fruits sur fond noir.

Haut., 2 m. 27 cent.; larg., 4 m. 50 cent.

124 — Tapisserie d'Aubusson, du xviie siècle, à grands personnages, sujet représentant un

festin offert à un guerrier. Bordure d'encadrement à vase de fleurs et oiseaux sur fond noir,
avec parties modernes.

Haut., 2 m. 90 cent. ; larg., 4 m. 25 cent.

125 — Tapisserie-verdure d'Aubusson, du XVIIe
siècle, paysage avec ruisseau, héron au premier
plan. Bordure d'encadrement à fleurs sur fond
noir.

Haut., 2 m. 25 cent. ; larg., 2 m. 75 cent.

126 — Tapisserie fine des Flandres, du XVIIe siècle,
à sujet d'après TENIERS, représentant un repas
champêtre. Bordure d'encadrement à rinceaux
blancs sur fond jaune.

Haut., 2 m. 15 cent. ; larg., 3 m. 15 cent.

127 — Tapisserie fine des Flandres, de la fin du
XVIIe siècle, représentant un château, avec parc
et rivière animée de barques avec musiciens ;
au premier plan, trois personnages se pro-
mènent, suivis de deux chiens. Bordure d'encadrement à trophées de chasse et musique, chutes
de fleurs et fruits, et rinceaux de feuillages
(parties modernes dans la bordure).

Haut., 2 m. 90 cent. ; larg., 3 m. 30 cent.

128 — Grand tapis d'Aubusson, à fleurs et orne-
ments sur fond de couleur.

129 — Objets omis.

9 782329 403304